故都的秋

郁达夫作品聆听与欣赏

丛书主编◎朱建纲
朗　诵◎陈希光
编　著◎梁迎春

CNS PUBLISHING & MEDIA
湖南电子音像出版社
Hunan Electronic And Audio-visual Publishing House

图书在版编目（CIP）数据

故都的秋味：郁达夫作品聆听与欣赏 / 梁迎春编著 .
— 长沙：湖南电子音像出版社，2017.4
ISBN 978-7-83004-173-1

Ⅰ．①故… Ⅱ．①梁… Ⅲ．①散文集—中国—现代
Ⅳ．① I266

中国版本图书馆 CIP 数据核字 (2016) 第 159429 号

故都的秋味——郁达夫作品聆听与欣赏
GUDU DE QIUWEI YUDAFU ZUOPIN LINGTING YU XINSHANG

丛书主编：朱建纲
朗　　诵：陈希光
编　　著：梁迎春
出 版 人：杨　林
责任编辑：刘云陶
技术编辑：王　枢
装帧设计：山和水设计

出　版：湖南电子音像出版社　www.xyin.com
印　刷：湖南天闻新华印务有限公司
发　行：湖南省新华书店
开　本：787mm × 930mm　1/32
印　张：3
字　数：40 千字
版　次：2017 年 4 月第 1 版
印　次：2017 年 9 月第 2 次印刷
定　价：10.00 元
书　号：ISBN 978-7-83004-173-1

如有印装质量问题，请与生产服务中心斟换。
联系电话：0731-82228602

郁达夫（1896—1945）

原名郁文，字达夫，浙江富阳人。1913年随兄赴日本，1922年回国，之后主要在大学任教，也曾编辑刊物，从事创作活动。他与郭沫若、成仿吾等人发起成立创造社，并出版了他的第一部小说集《沉沦》，影响很大。1937年全面抗战爆发后，郁达夫流亡南洋。1945年9月，他于苏门答腊被日本宪兵秘密杀害。

郁达夫才华横溢，但一生道路曲折。他性格孤僻，生活散漫，为人坦率，创作大胆。他以自己的创作实践丰富了中国新文学和世界文学的宝库。主要著作有小说《沉沦》《春风沉醉的晚上》《银灰色的死》《薄奠》，以及散文集《闲书》《达夫游记》《屐痕处处》等。

郁达夫是20世纪中国文学史上一个独特的存在，他漂泊半生，用一支浓情妙笔写尽了带着时代烙印的“行路病者”的凄凉与感伤，他孤独一世却以百万清字记录下了生命灵魂的震颤，祭奠了真实活过的青春。从《沉沦》到《出奔》，他的小说歌哭淋漓，满纸都是“零余者”的愤懑哀怨。在他们身上体现着一个敏锐的知识者审视自身的伤痕和民族的伤痕所产生的幻灭感和危机感。在艺术上，小说大多随人物心理情绪的波动而随意拼接，环境化淡，人物化虚，情节化少，而情绪化浓，从头到尾贯穿始终的是作家的情绪流。郁达夫的小说具有一定的情感力度和人性深度，开创了现代抒情小说（或称“自我小说”）的新体式。

郁达夫的散文题材开阔，行文自由。从《还乡记》到《屐痕处处》，他的散文情韵哀婉，处处呈现出内心深处的苦闷挣扎。由于他知识渊博，其散文写得恣肆放达，酣畅淋漓，跌宕多姿，散文艺术炉火纯青。在他20多年的文学生涯中，散文创作一直贯穿始终，并以其感伤舒徐的格调、清新流利的语言、随情跃动的结构和丰富多彩的体式形成了鲜明的文体特点，而这文体不仅成就了郁达夫散文的独特风格，还表现出郁达夫与众不同的精神特质，表现出他将传统与现代相融合的审美意识。

除此之外，他还发表了许多颇有建树的文学理论文章和翻译作品，其著述涉及文学创作的多个方面，是一位十分值得研究的作家。与同时期的许多作家相比，郁达夫的思想并不十分深刻，作品涉及的内容也过于狭窄，但正是他这种执着于书写自我苦闷的“单纯”和敢于袒露真实灵魂的“偏执”，成就了其文体的独特风貌，使得他的作品经久不衰，至今仍然富有触动人心的力量。

作品朗诵　**陈希光**

中国国家话剧院国家一级演员，国话东方影视文化公司董事长，中国戏剧家协会会员，中国电影表演学会会员。享受国务院特殊津贴。

1973 年进入大连市话剧团任演员，1978 年调入中国青年艺术剧院任演员，后任副院长。在《霓虹灯下的哨兵》《关汉卿》《保尔·柯察金》等 30 余部话剧中担任主角，在《秋瑾》《赵匡胤》《笑着活下去》等影视剧中出任主演，在大型音乐舞蹈史诗《中国革命之歌》中担任幕前朗诵，为多部国产影视剧及国外译制片配音。曾获文化部青年表演一等奖、话研会“振兴奖”、戏剧“梅花奖”、“文华奖”等。

目录

01　仙霞纪险
（节选）

仙霞岭的面貌，实在是雄奇伟大得很！老远看来就是那么高那么大的这排百里来长的仙霞山脉，近来一看，更觉得是不见天日了。东西南的三面，湾里有湾，山上有山；奇峰怪石，老树长藤，不计其数；而最曲折不尽，令人方向都分辨不出来的，是新从关外二十八都筑起，沿龙溪、化龙溪两支深山中的大水而行的那条通江山的汽车公路。

五步一转弯，三步一上岭，一面是流泉涡旋的深坑万丈，一面又是鸟飞不到的绝壁千寻。转一个弯，变一番景色，上一条岭，辟一个天地，上上下下，去去回回，我们在仙霞山中，龙溪岸上，自北去南，因为要绕过仙霞关去，汽车足足走了有一个多钟头的山路。山的高，水的深，与夫弯的多，路的险，不折不扣的说将出来，比杭州的九溪十八涧，起码总要超过三百多倍。要看山水的曲折，要试车路的崎岖，要将性命和运命去拼拼，想尝一尝生死关头，千钧一发的冒险异味的人，仙霞岭不可不到，尤其是从仙霞关北麓绕路出关，上关南二十八都去的这一条新辟的汽车公路不可不去一走。车到关南，行经小竿岭的那个隘口，近瞰二十八都谷底里的人家，远望浦城枫岭诸峰的青影的时候，我真感到了一种一则以喜一则以惧的说不出的心理，喜的是关后许多险隘，已经被我走过了，惧的是直望山脚的目的地二十八都，虽然是只离开了一程抛石的空间，但山坡陡削，直冲下去，总也还有二三千尺的高度。这时候回头来看看仙霞关，一条石级铺得象蛇腹似的曩时的鸟道，却早已高高隐没在云雾与树木的中间了。

作品赏析

这是一篇游记散文，最初载于1933年12月《申报·自由谈》，后来收入《浙江景物纪略》，作为《杭州铁路局导游丛书》之一出版。全文两千多字，本文节选全文的主体，写得很美。

郁达夫是写景状物的高手，他以生花妙笔为我们展示了一幅仙霞岭雄奇的画面，勾勒出仙霞岭险中有奇、奇中有险的奇特景色。雄伟的仙霞岭高大得遮天蔽日，且“湾里有湾，山上有山；奇峰怪石，老树长藤，不计其数”，“转一个弯，变一番景色，上一条岭，辟一个天地”。作者从静的状态写到动的状态，动静交替，奇景美不胜收。然后，作者又用对比的手法，进一步衬托出仙霞岭的雄奇，增添了仙霞岭的魅力。最后，作者情不自禁地发出感慨，认为想冒险的人，不可不到仙霞岭。这段议论淋漓尽致地渲染出仙霞岭的惊心动魄，奇险无比。

长句舒缓，短句明快，郁达夫在游记小品中充分利用长短句的特点，为我们展现出现代文的节奏美。“五步一转弯，三步一上岭，一面是流泉涡旋的深坑万丈，一面又是鸟飞不到的绝壁千寻。转一个弯，变一番景色，上一条岭，辟一个天地，上上下下，去去回回，我们在仙霞山中，龙溪岸上，自北去南，因为要绕过仙霞关去，汽车足足走了有一个多钟头的山路。”长短句交错相间，使文章的节奏跌宕起伏，读者在阅读的时候可以身临其境般感受到山的高、水的深、路的曲，同时郁达夫对仙霞“险”的赞叹之情也通过这一短一长的句式向读者呈现出来。自然的景、观者的情，通过这长短相间的句式相互交融、相得益彰，使文章在结构上更是曲折多变，张弛结合，波澜起伏，跌宕多姿。

延伸阅读

雁荡行（节选）

三　灵峰道上

［萧乾］

天色近晚，谷里尘雾迷濛，一片冥冥的白烟由地上腾起，向着峰顶凝集。且有一股狰狞乌云，四下散开，山雨眼看将要扑来。

面着那低低压下来、诡诡谲谲的重云，不免望而生畏。然而我们人多，终于还是全副雨装，各个怀揣电筒，迈出了旅社的门槛，沿着那涧溪东进。

走过响岩，一位旅伴抱了块山石，涉着溪流，去敲一下那巨岩，直好像巨岩发了怒，小小的山石竟能击出隆隆的声响。

我们走过许多古怪山峰，将军抱印、朝天鲤、听诗叟、睡猴、卧蚕，道旁有栽好的箭头，上面指明那些奇峰的方向；但是到现在，我仍能记得起形状的，却只有那老猴披衣了。

出了净名寺，我们便踏上诸峰的夹缝。矗立在我们左右的净是盘踞起伏的层峦叠嶂：莲房、金鼎、蝙蝠、玉杵，把阴沉沉的天空遮得更晦暗、更低矮了，而且，遮得只剩那么小小一块。山坡上遍是桐树，粉色的花，衬着苍黑的岩石。

转过帽盒峰，忽然，我们头上那块灰天变得更暗了，而且成了窄长的，这是哪里呵？壁立在我们左右的是两座高入云霄的巉岩，黝黑、斩齐、耸拔，直像是一斧劈成的两道巨墙。

我们夹在这蔽天的巨墙中间，仰头望望那嶒嵘的峰头。忽然忆起屠格涅夫散文诗里那篇阿尔卑斯山双峰的对话来了。同行的人发现了这巨墙的名字。还得谢谢那箭头，我们知道它叫“铁城阵”。

深山里的洞窟最引人缅怀原始生活。我们蹑手蹑脚地走进维摩洞，幽深，僻静，心里默默地摹想着史前时代。

中折瀑的地势有点像一只大瓮，四面为参差岩石所怀抱，瓮口还有灰暗云雾蒙盖着。瀑布不算大，瓮口距瓮底却极高，下有碎石小潭。瀑布倾注而下，隆隆震出一种郁闷浑圆的响声，至为怕人。这时瀑布又为瓮口外面的风吹得忽东忽西，飘摇不定，直像是在逞本领。

归途，山雨终于赶到。摸着黑，我们文明的手电筒权充作原始人的火炬了。

次晨，去散水岩的道上，转过玲珑岩，沿着鸣玉溪前行。横在天边的是一簇奇特剪影，嵯峨环列，直想大呼一声截住我们的去路。有的拔地而起如幼笋（蜡烛峰），顶尖处还安着个朝天龟。在这丛起伏的冈峦上，还矗立着鸵鸟峰、宝印峰、金鸡峰、伏虎峰、犀牛望月；名称虽是当地人起的，那奇形怪状也太逼人起实物的联想了。

由此跨过谢公岭便是去石门潭的路。这

座纪念谢康乐曾攀登过的名山，本身是没有什么希罕的。但爬到山尖,下眺山脚田野阡陌，黑绿相间，真是一幅别出心裁的图案。

越过山脊，老僧拜石的远影渐渐出现在眼前了。雁荡许多“象形的”山名我都不服气，单独老猴披衣和这老僧的形状，真酷似一尊石膏模型。谁个大手掌拿一座高山做泥团，捏得这么惟妙惟肖啊！

下了谢公岭，隐在一片茁茂竹林里的是东石梁。洞幽深而且阴冷，岩缝涔涔滴水。上面筑有三层楼阁，突出洞外。石梁便蜿蜒横在洞口，如一巨蟒。

我们一鼓作气登上最高一层楼阁。二十只脚咚咚地踩着单薄的木梯，那声音是够大的，更何况好事的旅伴又把铜罄和木鱼一齐敲打起来呢！敲得黑黑洞窟里，那位菩萨的金身也像惊慌得闪了亮。善良女人型的脸上仿佛溢出笑容来了。一对陈旧的灯笼，一串罩满积年尘埃的银纸元宝似在摇晃，嗅着那浓烈的檀香，承受着岩缝滴落下的沁凉水珠，幼时许多回忆夹着那恶作剧的罄声向我接连袭来了。

去石门潭要走很远的路，而且沿途净是狭窄的田塍,泞泥不堪。然而一走到大荆溪畔，便觉得这段路是值得跋涉的了。

正如我不懂得为什么有的山是一堆土，肥如一口母猪，有的却一身嶙峋怪石，崇高傲慢，我也为流水的颜色而纳闷了。不能说是天空的反映，压在我们头上的明明是万顷灰天，疏疏朗朗地嵌着些碎杂白云；然而横在我们脚前的却是那么清澈，那么碧澄澄的水，清澈到看得见溪底石卵隙缝的水藻。两岩枫枝上晒着束束金黄的麦梗。这时，一只竹排由上游浮来。顺流的水拖着小小竹排，排上的渔人闲怡地坐在一只小板凳上补着渔网，水上印出一幅流动的鲜明图画。

我们登上靠岸的一只摆渡，那老渡户把我们载到对岸的石滩上。受过山洪冲刷的卵石在我们脚下挤出细碎笑声。

方才那道溪水绕过石滩，终于为两座壁立的悬崖夹起来了，狭窄，坚牢，果然是座石门。我们爬到左边那面崖角，下望石门潭，澄爽碧蓝如晴空，只有梦里才会有的颜色呀！摩想在满天星斗的夜间，由崖角跃下，骤然一声，坠入这青潭，冒出一个蓝色水泡，即刻为疾流卷去——雁荡山人蒋叔南正是这么死的。听本地人说，是因为他修桥补路，管教了山川，却没管教好膝下的儿子。

我们原路折回，赶到灵峰禅寺饱餐一顿。

听名字，灵峰禅寺照理应是座古旧的庙宇，然而这四个隐世的字却写在一座洁白整齐如一学生宿舍的门楼上，横排上下两层楼都是单间卧室，远望近观都没有庙寺的气象。同行的人戏呼它为“灵峰新村”。

观音洞是夹在两崖的掌缝里，远望细窄几容不下一人腰身；攀上石蹬，才知道洞里依岩势赫然筑起九层楼阁。由洞缝外望，诸峰拱立，天地一览无余。

我们走过那些宿舍，登上最高一层佛堂。缝岩也滴着水，观音金身端然坐在巨龛里。积年的蜡扦淌满了烛油。我们喝着小沙弥泡的清茶，读着壁上万历年间的碑文。不知谁在佛前皮鼓上轻拍了一掌，洞里即刻震起一阵隆隆如雷的响声。

出洞之前，有人在洞口崖石上发现了一面土地岩。迎着洞外天色侧看，俨然是一尊就洞石天然雕成的土地爷。正面看去，却和别处一般凸凹，看不出一点棱角形象来。

在北斗洞里看了一些拓墨。下山时天色已近暮，立在果盒桥畔对灵峰重新回顾一眼：怪峰耸拔，清流激湍，真是壮观！

萧乾（1910—1999），原名萧秉乾，蒙古族，北京人。著名作家、记者和翻译家。主要著作有《篱下集》《北京城杂忆》《落日》《人生采访》《萧乾文集》（10卷），以及译著长篇小说《好兵帅克》、诗剧《培尔·金特》、长篇小说《尤利西斯》（合译）等。1986年获挪威王国政府授予的国家勋章。《雁荡行》《草原即景》《欧战杂忆》等名篇代表了作者的散文成就。这些散文或自述人生经历，或书写人间世象，或刻绘小人物形象，或追忆母亲，情感真挚深沉，语言生动流畅，哲理性强。

萧乾是20世纪中国文学史上一位有风格、有成就的散文家。在艺术上，萧乾前期的散文、杂文、特写都致力于对文学审美的追求，或节制有力、结实饱满，或沉稳从容、刚柔相济，展现其散文的独特艺术魅力。后期创作注重文体内蕴的提炼和升华，回忆录、随笔、旅行通讯等都有新的开拓和探求。

同为山水游记篇，郁达夫的《仙霞纪险》和萧乾的《雁荡行》各有千秋。两位作者都是写景高手：在《仙霞纪险》中，郁达夫简笔勾勒出仙霞岭奇中有险、险中有奇的景色；而在

《雁荡行》中，萧乾则是工笔细描出雁荡群峰险峻高耸的千姿百态。

这篇《雁荡行》是现代山水游记的著名篇章。原文共七节，本文选自第三节。作者以自然流畅的笔调、多姿多彩的手法、跌宕起伏的节奏，绘成一卷千岩竞秀、百瀑争流的雁荡山水图。行文中作者紧紧抓住山、潭、瀑、洞的不同特点给予形象生动的描绘，从而使作者笔下的雁荡群峰险峻高耸、千姿百态、独具特色。在《雁荡行》中，作者确实把山水写活了，如："去散水岩的道上，转过玲珑岩，沿着鸣玉溪前行。横在天边的是一簇奇特剪影，嵯峨环列，直想大呼一声截住我们的去路。有的拔地而起如幼笋（蜡烛峰），顶尖处还安着个朝天龟。在这丛起伏的冈峦上，还矗立着鸵鸟峰、宝印峰、金鸡峰、伏虎峰、犀牛望月；名称虽是当地人起的，那奇形怪状也太逼人起实物的联想了。"在描景摹状时，作者虽然采用白描，但并不同于传统国画的悠远淡雅，而是兼有西洋油画的浓墨重彩，增添了几分厚度，给人眼前一亮的感觉。这样精彩的描写，随处可见，显示了作者在游记方面的艺术造诣。

此外，作者还善用一系列贴切的比喻和心理独特的感受对景物进行描绘，突出雁荡山的山水美和人情美，给奇丽的雁荡山涂上一层别样的金光。香港文学史家司马长风曾评价："畅而美，富于想象，语汇清新，描写生动。……以游记来说，读了他的《雁荡行》，郁达夫的山水游记便黯然失色了。"

02　故都的秋

秋天，无论在什么地方的秋天，总是好的；可是啊，北国的秋，却特别地来得清，来得静，来得悲凉。我的不远千里，要从杭州赶上青岛，更要从青岛赶上北平来的理由，也不过想饱尝一尝这“秋”，这故都的秋味。

江南，秋当然也是有的；但草木凋得慢，空气来得润，天的颜色显得淡，并且又时常多雨而少风；一个人夹在苏州上海杭州，或厦门香港广州的市民中间，浑浑沌沌地过去，只能感到一点点清凉，秋的味，秋的色，秋的意境与姿态，总看不饱，尝不透，赏玩不到十足。秋并不是名花，也并不是美酒，那一种半开，半醉的状态，在领略秋的过程上，是不合适的。

不逢北国之秋，已将近十余年了。在南方每年到了秋天，总要想起陶然亭的芦花，钓鱼台的柳影，西山的虫唱，玉泉的夜月，潭柘寺的钟声。在北平即使不出门去罢，就是在皇城人海之中，租人家一椽破屋来住着，早晨起来，泡一碗浓茶，向院子一坐，你也能看得到很高很高的碧绿的天色，听得到青天下驯鸽的飞声。从槐树叶底，朝东细数着一丝一丝漏下来的日光，或在破壁腰中，静对着像喇叭似的牵牛花（朝荣）的蓝朵，自然而然地也能够感觉到十分的秋意。说到了牵牛花，我以为以蓝色或白色者为佳，紫黑色次之，淡红色最下。最好，还要在牵牛花底，教长着几根疏疏落落的尖细且长的秋草，使作陪衬。

北国的槐树，也是一种能使人联想起秋来的点缀。像花而又不是花的那一种落蕊，早晨起来，会铺得满地。脚踏上去，声音也没有，气味也没有，只能感出一点点极微细极柔软的触觉。扫街的在树影下一阵扫后，灰土上留下来的一条条扫帚的丝纹，看起来既觉得细腻，又觉得清闲，潜意识下并且还觉得有点儿落寞，古人所说的梧桐一叶而天下知秋的遥想，大约也就在这些深沉的地方。

秋蝉的衰弱的残声，更是北国的特产；因为北平处处全长着树，屋子又低，所以无论在什么地方，都听得见它们的啼唱。在南方是非要上郊外或山上去才听得到的。这秋蝉的嘶叫，在北平可和蟋蟀耗子一样，简直像是家家户户都养在家里的家虫。

还有秋雨哩，北方的秋雨，也似乎比南方的下得奇，下得有味，下得更像样。

在灰沉沉的天底下，忽而来一阵凉风，便息列索落地下起雨来了。一层雨过，云渐渐地卷向了西去，天又青了，太阳又露出脸来了；著着很厚的青布单衣或夹袄的都市闲人，咬着烟管，在雨后的斜桥影里，上桥头树底下去一立，遇见熟人，便会用了缓慢悠闲的声调，微叹着互答着地说：

“唉,天可真凉了——”(这了字念得很高，拖得很长。)

“可不是么？一层秋雨一层凉了！”

北方人念阵字，总老像是层字，平平仄仄起来，这念错的歧韵，倒来得正好。

北方的果树，到秋来，也是一种奇景。第一是枣子树；屋角，墙头，茅房边上，灶房门口，它都会一株株地长大起来。像橄榄又像鸽蛋似的这枣子颗儿，在小椭圆形的细叶中间，显出淡绿微黄的颜色的时候，正是秋的全盛时期；等枣树叶落，枣子红完，西北风就要起来了，北方便是尘沙灰土的世界，只有这枣子、柿子、葡萄，成熟到八九分的七八月之交，是北国的清秋的佳日，是一年之中最好也没有的 Golden Days。

有些批评家说，中国的文人学士，尤其

是诗人，都带着很浓厚的颓废色彩，所以中国的诗文里，颂赞秋的文字特别的多。但外国的诗人，又何尝不然？我虽则外国诗文念得不多，也不想开出账来，做一篇秋的诗歌散文钞，但你若去一翻英德法意等诗人的集子，或各国的诗文的 Anthology 来，总能够看到许多关于秋的歌颂与悲啼。各著名的大诗人的长篇田园诗或四季诗里，也总以关于秋的部分，写得最出色而最有味。足见有感觉的动物，有情趣的人类，对于秋，总是一样地能特别引起深沉，幽远，严厉，萧索的感触来的。不单是诗人，就是被关闭在牢狱里的囚犯，到了秋天，我想也一定会感到一种不能自已的深情；秋之于人，何尝有国别，更何尝有人种阶级的区别呢？不过在中国，文字里有一个“秋士”的成语，读本里又有着很普遍的欧阳子的秋声与苏东坡的《赤壁赋》等，就觉得中国的文人，与秋的关系特别深了。可是这秋的深味，尤其是中国的秋的深味，非要在北方，才感受得到底。

南国之秋，当然是也有它的特异的地方的，比如廿四桥的明月，钱塘江的秋潮，普陀山的凉雾，荔枝湾的残荷等等，可是色彩不浓，回味不永。比起北国的秋来，正像是黄酒之与白干，稀饭之与馍馍，鲈鱼之与大蟹，黄犬之与骆驼。

秋天，这北国的秋天，若留得住的话，我愿把寿命的三分之二折去，换得一个三分之一的零头。

一九三四年八月，在北平

作品赏析

这是一篇咏秋佳作。1934年8月，郁达夫从杭州经青岛去北平，再次饱尝了故都的秋味，于是秋情大发，写下了这篇优美的散文。

郁达夫对秋的衷情以《故都的秋》为代表。翻开《故都的秋》，秋风、秋雨、寒蝉、落蕊扑面而来，悲秋与赞秋也扑面而来，它以一曲悲凉的颂歌成为现代散文的传世之作。易森说“郁达夫的作品是一幢残缺而唯美的建筑”。

唯美，在《故都的秋》中随处可见：“早晨起来，泡一碗浓茶，向院子一坐，你也能看得到很高很高的碧绿的天色，听得到青天下驯鸽的飞声。从槐树叶底，朝东细数着一丝一丝漏下来的日光，或在破壁腰中，静对着像喇叭似的牵牛花（朝荣）的蓝朵，自然而然地也能够感觉到十分的秋意。说到了牵牛花，我以为以蓝色或白色者为佳，紫黑色次之，淡红色最下。最好，还要在牵牛花底，教长着几根疏疏落落的尖细且长的秋草，使作陪衬。”

残缺，则是处处流露在作品中的落寞、无奈与悲凉。作品结尾，作家直抒胸臆：“秋天，这北国的秋天，若留得住的话，我愿把寿命的三分之二折去，换得一个三分之一的零头。”从此，秋永远地与郁达夫连接在了一起。

《故都的秋》把握“北国的秋，却特别地来得清，来得静，来得悲凉”的整体感，选取破屋、天空、驯鸽、牵牛花、槐树、槐花、扫帚丝纹、秋蝉、秋雨、秋枣这些意象来描写故都的秋。整个意境色调圆融、幽远，笼罩着统一的青色烟雾，情调委婉悲戚。作者在描绘景物时，融情于景，以景显情，“物”“我”之间交融统一。文中北国秋的深味，是作者深沉的悲秋之感，也是作者当时当地的一种心境的表现。

文章起笔触题显意，既交代了不远千里赶到北平的理由——一饱故都的秋味，又以“清”“静”“悲凉”画龙点睛地概括了北国的秋之丰韵，表现了作者对北国之秋真挚、强烈、纯朴的眷恋之情。作者这种情感的抒发，主要是通过江南的秋与北国的秋对比自然而然地流露出来的。江南“秋的味，秋的色，秋的意境与姿态，总看不饱，尝不透，赏玩不到十足”，而北国那高而绿的天空，那青天下驯鸽的飞声，那五彩缤纷的牵牛花，那槐树的落蕊，那秋蝉衰弱的残声，还有那秋雨过后斜桥影里北方人的缓慢悠闲的声调……这一切都有着浓郁的秋意秋味。作者凭着自己广博的见识和敏锐的观察，采用记叙、议论、抒情相结合的手法，挥洒自如地从不同的角度，把故都那纷繁多姿的秋声、秋色、秋姿、秋态、秋风、秋雨、秋果写够写透，写得无处不在，自然真切，清新灵秀，色味浓郁。文章中那种古典的幽柔浅怆所构筑的悲凉氛围，使人心醉神迷。

作者在描绘景物时，融情于景，以景显情，“物”“我”之间交融统一。比如写北国的槐树那一段，突出槐树落蕊在作者心中的感觉，落蕊既是美丽的，也是悲凉的，渲染出“静”“清”“悲凉”的气氛，既有北国秋的深味，又是作者深沉的悲秋之感，是作者当时当地的一种心境的表现。

文章最后几段，作者宕开笔墨，古今中外，旁征博引，把个人的独特感受放到更广阔的背景上去表现，进一步表达了对故都之秋的深情。作者表示愿以“寿命的三分之二”为代价留住北国的秋天，足见情意至深！

延伸阅读

北平的四季

［郁达夫］

对于一个已经化为异物的故人，追怀起来，总要先想到他或她的好处；随后再慢慢地想想，则觉得当时所感到的一切坏处，也会变作很可寻味的一些纪念，在回忆里开花。关于一个曾经住过的旧地，觉得此生再也不会第二次去长住了，身处入了远离的一角，向这方向的云天遥望一下，回想起来的，自然也同样地只是它的好处。

中国的大都会，我前半生住过的地方，原也不在少数；可是当一个人静下来回想起从前，上海的闹热，南京的辽阔，广州的乌烟瘴气，汉口武昌的杂乱无章，甚至于青岛的清幽，福州的秀丽，以及杭州的沉着，总归都还比不上北京——我住在那里的时候，当然还是北京——的典丽堂皇，幽闲清妙。

先说人的分子罢，在当时的北京——民国十一二年前后——上自军财阀政客名优起，中经学者名人，文士美女教育家，下而至于负贩拉车铺小摊的人，都可以谈谈，都有一艺之长，而无憎人之貌；就是由荐头店荐来的老妈子，除上炕者是当然以外，也总是衣冠楚楚，看起来不觉得会令人讨嫌。

其次说到北京物质的供给哩，又是山珍海错，洋广杂货，以及萝卜白菜等本地产品，无一不备，无一不好的地方。所以在北京住上两三年的人，每一遇到要走的时候，总只感到北京的空气太沉闷，灰沙太暗淡，生活太无变化；一鞭出走，出前门便觉胸舒，过芦沟方知天晓，仿佛一出都门，就上了新生活开始的坦道似的；但是一年半载，在北京以外的各地——除了在自已幼年的故乡以外——去一住，谁也会得重想起北京，再希望回去，隐隐地对北京害起剧烈的怀乡病来。这一种经验，原是住过北京的人，个个都有，而在我自己，却感觉得格外的浓，格外的切。最大的原因或许是为了我那长子之骨，现在也还埋在郊外广谊园的坟山，而几位极要好的知己，又是在那里同时毙命的受难者的一群。

北平的人事品物，原是无一不可爱的，就是大家觉得最要不得的北平的天候，和地理联合上一起，在我也觉得是中国各大都会中所寻不出几处来的好地。为叙述的便利起见，想分成四季来约略地说说。

北平自入旧历的十月以后，就是灰沙满地，寒风刺骨的节季了，所以北平的冬天，是一般人所最怕过的日子。但是要想认识一个地方的特异之处，我以为顶好是当这特异处表现得最圆满的时候去领略；故而夏天去热带，寒天去北极，是我一向所持的哲理。北平的冬天，冷虽则比南方要冷得多，但是北方生活的伟大幽闲，也只有在冬季，使人感受得最彻底。

先说房屋的防寒装置吧，北方的住屋，并不同南方的摩登都市一样，用的是钢骨水泥，冷热气管；一般的北方人家，总只是矮矮的一所四合房，四面是很厚的泥墙；上面花厅内都有一张暖炕，一所回廊；廊子上是一带明窗，窗眼里糊着薄纸，薄纸内又装上风门，另外就没有什么了。在这样简陋的房屋之内，你只教把炉子一生，电灯一点，棉门帘一挂上，在屋里住着，却一辈子总是暖炖炖像是春三四月里的样子。尤其会得使你感觉到屋内的温软堪恋的，是屋外窗外面呜呜在叫啸的西北风。天色老是灰沉沉的，路上面也老是灰的围障，而从风尘灰土中下车，一踏进屋里，就觉得一团春气，包围在你的左右四周，使你马上就忘记了屋外的一切寒冬的苦楚。若是喜欢吃吃酒,烧烧羊肉锅的人，那冬天的北方生活，就更加不能够割舍；酒已经是御寒的妙药了，再加上以大蒜与羊肉酱油合煮的香味，简直可以使一室之内，涨满了白蒙蒙的水蒸温气。玻璃窗内，前半夜，会流下一条条的清汗，后半夜就变成了花色奇异的冰纹。

到了下雪的时候哩，景象当然又要一变。早晨从厚棉被里张开眼来，一室的清光，会使你的眼睛眩晕。在阳光照耀之下，雪也一粒一粒的放起光来了，蛰伏得很久的小鸟，在这时候会飞出来觅食振翎，谈天说地，吱吱的叫个不休。数日来的灰暗天空，愁云一扫，忽然变得澄清见底，翳障全无；于是年轻的北方住民，就可以营屋外的生活了，溜冰，做雪人，赶冰车雪车，就在这一种日子里最有劲儿。

我曾于这一种大雪时晴的傍晚，和几位朋友，跨上跛驴，出西直门上骆驼庄去过过一夜。北平郊外的一片大雪地，无数枯树林，以及西山隐隐现现的不少白峰头，和时时吹来的几阵雪样的西北风，所给予人的印象，实在是深刻，伟大，神秘到了不可以言语来形容。直到了十余年后的现在，我一想起当时的情景，还会得打一个寒战而吐一口清气，如同在钓鱼台溪旁立着的一瞬间一样。

北平的冬宵，更是一个特别适合于看书，写信，追思过去，与作闲谈说废话的绝妙时间。记得当时我们兄弟三人，都住在北京，每到了冬天的晚上，总不远千里地走拢来聚在一道，会谈少年时候在故乡所遇所见的事事物物。小孩们上床去了，佣人们也都去睡觉了，我们弟兄三个，还会得再加一次煤再加一次煤地长谈下去。有几宵因为屋外面风紧天寒之故，到了后半夜的一二点钟的时候，便不约而同地会说出索性坐坐到天亮的话来。像这一种可宝贵的记忆，像这一种最深沉的情调，本来也就是一生中不能够多享受几次的昙花佳境，可是若不是在北平的冬天的夜里，那趣味也一定不会得像如此的悠长。

总而言之，北平的冬季，是想赏识赏识北方异味者之唯一的机会；这一季里的好处，这一季里的琐事杂忆，若要详细地写起来，总也有一部《帝京景物略》那么大的书好做；我只记下了一点点自身的经历，就觉得过长了，下面只能再来略写一点春和夏以及秋季的感怀梦境，聊作我的对这日就沦亡的故国的哀歌。

春与秋，本来是在什么地方都属可爱的时节，但在北平，却与别地方也有点儿两样。北国的春，来得较迟，所以时间也比较得短。西北风停后，积雪渐渐地消了，赶牲口的车夫身上，看不见那件光板老羊皮的大袄的时候，你就得预备着游春的服饰与金钱；因为春来也无信，春去也无踪，眼睛一眨，在北平市内，春光就会得同飞马似的溜过。屋内的炉子，刚拆去不久，说不定你就马上得去叫盖凉棚的才行。

而北方春天的最值得记忆的痕迹，是城厢内外的那一层新绿，同洪水似的新绿。北京城，本来就是一个只见树木不见屋顶的绿色的都会，一踏出九城的门户，四面的黄土坡上，更是杂树丛生的森林地了；在日光里颤抖着的嫩绿的波浪，油光光，亮晶晶，若是神经系统不十分健全的人，骤然间身入到这一个淡绿色的海洋涛浪里去一看，包管你要张不开眼，立不住脚，而昏厥过去。

北京市内外的新绿，琼岛春阴，西山挹翠诸景里的新绿，真是一幅何等奇伟的外光派的妙画！但是这画的框子，或者简直说这画的画布，现在却已经完全掌握在一只满长着黑毛的巨魔的手里了！北望中原，究竟要到哪一日才能够重见得到天日呢？

从地势纬度上讲来，北方的夏天，当然要比南方的夏天来得凉爽。在北平城里过夏，实在是并没有上北戴河或西山去避暑的必要。一天到晚，最热的时候，只有中午到午后三四点钟的几个钟头，晚上太阳一下山，总没有一处不是凉阴阴要穿单衫才能过去的；半夜以后，更是非盖薄棉被不可了。而北平的天然冰的便宜耐久，又是夏天住过北平的人所忘不了的一件恩惠。

我在北平，曾经过过三个夏天；像什刹海，菱角沟，二闸等暑天游耍的地方，当然是都到过的；但是在三伏的当中，不问是白天或是晚上，你只教有一张藤榻，搬到院子里的葡萄架下或藤花荫处去躺着，吃吃冰茶雪藕，听听盲人的鼓词与树上的蝉鸣，也可以一点儿也感不到炎热与熏蒸。而夏天最热的时候，在北平顶多总不过九十四度，这一种大热的天气，全夏顶多顶多又不过十日的样子。

在北平，春夏秋的三季，是连成一片；一年之中，仿佛只有一段寒冷的时期，和一段比较得温暖的时期相对立。由春到夏，是短短的一瞬间，自夏到秋，也只觉得是过了一次午睡，就有点儿凉冷起来了。因此，北方的秋季也特别的觉得长，而秋天的回味，也更觉得比别处来得浓厚。前两年，因去北戴河回来，我曾在北平过过一个秋，在那时候，已经写过一篇《故都的秋》，对这北平的秋季颂赞过了一道了，所以在这里不想再来重复；可是北平近郊的秋色，实在也正像是一册百读不厌的奇书，使你愈翻愈会感到兴趣。

秋高气爽，风日晴和的早晨，你且骑着一匹驴子，上西山八大处或玉泉山碧云寺去走走看；山上的红柿，远处的烟树人家，郊野里的芦苇黍稷，以及在驴背上驮着生果进城来卖的农户佃家，包管你看一个月也不会看厌。春秋两季，本来是到处都好的，但是北方的秋空，看起来似乎更高一点，北方的空气，吸起来似乎更干燥健全一点。而那一种草木摇落，金风肃杀之感，在北方似乎也更觉得要严肃，凄凉，沉静得多。你若不信，你且去西山脚下，农民家里或古寺的殿前，自阴历八月至十月下旬，去住它三个月看看。古人的“悲哉秋之为气”以及“胡笳互动，牧马悲鸣”的那一种哀感，在南方是不大感觉得到的，但在北平，尤其是在郊外，你真会得感至极而涕零，思千里兮命驾。所以我说，北平的秋，才是真正的秋；南方的秋天，不过是英国话里所说的 Indian Summer 或叫作小春天气而已。

统观北平的四季，每季每节，都有它的特别的好处；冬天是室内饮食奄息的时期，秋天是郊外走马调鹰的日子，春天好看新绿，夏天饱受清凉。至于各节各季，正当移换中的一段时间哩，又是别一种情趣，是一种两不相连，而又两都相合的中间风味，如雍和宫的打鬼，净业庵的放灯，丰台的看芍药，万牲园的寻梅花之类。

五六百年来文化所聚萃的北平，一年四季无一月不好的北平，我在遥忆，我也在深祝，祝她的平安进展，永久地为我们黄帝子孙所保有的旧都城！

一九三六年五月二十七日

《北平的四季》和《故都的秋》是姊妹篇，它们创作的地点都是北京，可见郁达夫对北京的爱是印刻在灵魂中的。一篇赞美诗般的《故都的秋》，成为现代文学史上的经典。两年之后，他又挥笔写下这篇《北平的四季》。

同是写北国的秋，在《故都的秋》里，郁达夫写北国之秋的清、静和悲凉的特点，透露出悠闲、宁静的赏秋情怀。而《北平的四季》里的“秋”，同样沉静悲凉，却“像是一册百读不厌的奇书”，让人兴趣盎然。

郁达夫描写景物，喜从细微处入手，似在不经意中描摹山水风物，而且文字平易，但意境却有古典文学中言简意远、朴拙幽深的情调。他写北平的四季，描写细腻真切，深邃优美，充分传达出北平四季各自奕奕的精神品格，做到了形神兼备。冬季——闲适温情。在冬季，北平的住屋，一进门“就觉得一团春气”，冬夜又“特别适合于看书，写信，追思过去”，更是弟兄们“闲谈说废话的绝妙时间”，真是其乐融融，处处散发着快乐悠闲的气息。春季——水样春愁。在《北平的四季》中作者写道：“在日光里颤抖着的嫩绿的波浪，油光光，亮晶晶，……真是一幅何等奇伟的外光派的妙画！”然而，就在这难得的亮色中，作者笔锋一转，继续写道：“北望中原，究竟要到哪一日才能够重见得到天日呢？”在这里，我们找到了作者春愁的注脚：人生落寞之时、山河破碎之际，春的短暂令人惆怅。夏季——短暂舒爽。

在《北平的四季》中，作者写道：“在北平，春夏秋的三季，是连成一片；……由春到夏，是短短的一瞬间，自夏到秋，也只觉得是过了一次午睡，就有点儿凉冷起来了。”“最热的时候，只有中午到午后三四点钟的几个钟头，晚上太阳一下山，总没有一处不是凉阴阴”。秋季——清静悲凉。秋之所以更耐人寻味，恐怕是那“山上的红柿，远处的烟树人家”；是“草木摇落，金风肃杀”，再添上“胡笳互动，牧马悲鸣”，就把许多神秘的美感融入我们的心里。作者在《故都的秋》中写到“北国的秋，却特别地来得清，来得静，来得悲凉”。在作者笔下，它清澄幽渺，它安静纯朴，它承载着生命的成熟与严肃。

郁达夫笔下的四季，犹如一幅栩栩如生的画卷，色彩明丽，饱孕感情，充满了一股灵秀之气，让人心驰神往。然而，在《北平的四季》结尾，作家忧生伤世的情怀却一览无余，他说：“五六百年来文化所聚萃的北平，一年四季无一月不好的北平，我在遥忆，我也在深祝，祝她的平安进展，永久地为我们黄帝子孙所保有的旧都城！”由此，郁达夫散文中的四季，不仅展现了中国古典文学对作家思想的浸润和才情的丰富，也是他的个体生命意识在作品中的流动与表露，同时更是作家忧生伤世的灵魂在自然与山水间的深深寄托。

03　江南的冬景

凡在北国过过冬天的人，总都道围炉煮茗，或吃煊羊肉，剥花生米，饮白干的滋味。而有地炉，暖炕等设备的人家，不管它们外面是雪深几尺，或风大若雷，而躲在屋里过活的两三个月的生活，却是一年之中最有劲的一段蛰居异境；老年人不必说，就是顶喜欢活动的小孩子们，总也是个个在怀恋的，因为当这中间，有萝卜，雅儿梨等水果的闲食，还有大年夜，正月初一元宵等热闹的节期。

但在江南，可又不同；冬至过后，大江以南的树叶，也不至于脱尽。寒风——西北风——间或吹来，至多也不过冷了一日两日。

到得灰云扫尽，落叶满街，晨霜白得像黑女脸上的脂粉似的清早，太阳一上屋檐，鸟雀便又在吱叫，泥地里便又放出水蒸气来，老翁小孩就又可以上门前的隙地里去坐着曝背谈天，营屋外的生涯了，这一种江南的冬景，岂不也可爱得很么？

我生长在江南，儿时所受的江南冬日的印象，铭刻特深；虽则渐入中年，又爱上了晚秋，以为秋天正是读读书，写写字的人的最惠节季，但对于江南的冬景，总觉得是可以抵得过北方夏夜的一种特殊情调，说得摩登些，便是一种明朗的情调。

我也曾到过闽粤，在那里过冬天，和暖原极和暖，有时候到了阴历的年边，说不定还不得不拿出纱衫来着；走过野人的篱落，更还看得见许多杂七杂八的秋花！一番阵雨雷鸣过后，凉冷一点，至多也只好换上一件夹衣，在闽粤之间，皮袍棉袄是绝对用不着的；这一种极南的气候异状，并不是我所说的江南的冬景，只能叫它作南国的长春，是春或秋的延长。

江南的地质丰腴而润泽，所以含得住热气，养得住植物；因而长江一带，芦花可以到冬至而不败，红叶也有时候会保持得三个月以上的生命。像钱塘江两岸的乌桕树，则红叶落后，还有雪白的桕子着在枝头，一点一丛，用照相机照将出来，可以乱梅花之真。草色顶多成了赭色，根边总带点绿意，非但野火烧不尽，就是寒风也吹不倒的。若遇到风和日暖的午后，你一个人肯上冬郊去走走，则青天碧落之下，你不但感不到岁时的肃杀，并且还可以饱觉着一种莫名其妙的含蓄在那里的生气；“若是冬天来了，春天也总马上会来”的诗人的名句，只有在江南的山野里，最容易体会得出。

说起了寒郊的散步，实在是江南的冬日，所给与江南居住者的一种特异的恩惠；在北方的冰天雪地里生长的人，是终他的一生，也决不会有享受这一种清福的机会的。我不知道德国的冬天，比起我们江浙来如何，但从许多作家的喜欢以 Spaziergang 一字来做他们的创造题目的一点看来，大约是德国南部地方，四季的变迁，总也和我们的江南差仿不多。譬如说十九世纪的那位乡土诗人洛在格（Peter Rosegger 1843—1918）罢，他用这一个“散步”做题目的文章尤其写得多，而所写的情形，却又是大半可以拿到中国江浙的山区地方来适用的。

江南河港交流，且又地滨大海，湖沼特多，故空气里时含水分；到得冬天，不时也会下着微雨，而这微雨寒村里的冬霖景象，又是一种说不出的悠闲境界。你试想想，秋收过后，河流边三五家人家会聚在一道的一个小村子里，门对长桥，窗临远阜，这中间又多是树枝槎丫的杂木树林；在这一幅冬日农村的图上，再洒上一层细得同粉也似的白雨，加上一层淡得几不成墨的背景，你说还够不够悠闲？若再要点景致进去，则门前可以泊一只乌篷小船，茅屋里可以添几个喧哗的酒客，天垂暮了，还可以加一味红黄，在茅屋窗中画上一圈暗示着灯光的月晕。人到了这一境界，自然会得胸襟洒脱起来，终至于得失俱亡，死生不问了；我们总该还记得唐朝那位诗人做的“暮雨潇潇江上村”[①]的一首绝句罢？诗人到此，连对绿林豪客都客气起来了，这不是江南冬景的迷人又是什么？

一提到雨，也就必然的要想到雪：“晚来天欲雪，能饮一杯无？”[②]自然是江南日暮的雪景。“寒沙梅影路，微雪酒香村”[③]，则雪月梅的冬宵三友，会合在一道，在调戏酒姑娘了。“柴门村犬吠，风雪夜归人”[④]，是江南雪夜，更深人静后的景况。“前村深雪里，昨夜一枝开”[⑤]又到了第二天的早晨，和狗一样喜欢弄雪的村童来报告村景了。诗人的诗句，也许不尽是在江南所写，而做这几句诗的诗人，也许不尽是江南人，但假了这几句诗来描写江南的雪景，岂不直截了当，比我这一支愚劣的笔所写的散文更美丽得多？

有几年，在江南，在江南也许会没有雨没有雪的过一个冬，到了春间阴历的正月底或二月初再冷一冷下一点春雪的；去年（1934）的冬天是如此，今年的冬天恐怕也不得不然，以节气推算起来，大约大冷的日子，将在一九三六年的二月尽头，最多也总不过是七八天的样子。像这样的冬天，乡下人叫作旱冬，对于麦的收成或者好些，但是人口却要受到损伤；旱得久了，白喉，流行性感冒等疾病自然容易上身，可是想恣意享受江南的冬景的人，在这一种冬天，倒只会得到快活一点，因为晴和的日子多了，上郊外去闲步逍遥的机会自然也多，日本人叫作 Hiking，德国人叫作 Spaziergang 狂者，所最欢迎的也就是这样的冬天。

窗外的天气晴朗得像晚秋一样；晴空的高爽，日光的洋溢，引诱得使你在房间里坐不住，空言不如实践，这一种无聊的杂文，我也不再想写下去了，还是拿起手杖，搁下纸笔，上湖上去散散步罢！

一九三五年十二月一日

①暮雨潇潇江上村：唐代诗人李涉《井栏砂宿遇夜客》首句。

②晚来天欲雪，能饮一杯无：唐代诗人白居易《问刘十九》中的诗句。

③寒沙梅影路，微雪酒香村：元代诗人何中《辛亥元夕》中的诗句。

④柴门村犬吠，风雪夜归人：唐代诗人刘长卿《逢雪宿芙蓉山主人》中的诗句。

⑤前村深雪里，昨夜一枝开：唐代诗人齐己《早梅》中的诗句。

作品赏析

此文写于1935年12月，是郁达夫写景散文中很有特色的篇章。作者用对比手法，以北国和南国的冬景来衬托江南的冬景，为读者淋漓尽致地描绘了江南冬季特有的明朗情调：可以乱梅花之真的乌桕，根边总带点绿意的野草，营造出江南冬郊碧落下的含蓄生机；而美丽的、迷人的江南的冬雨、冬雪、微雨寒村、微黄的灯光、停泊的乌篷船、喧哗的酒客等江南冬日特有的景象，无不渲染了悠闲从容的境界。

北国的冬天，人们围炉煮茗，吃煊羊肉，剥花生米，饮白干酒；南国的冬天，年边着纱衫，篱落开秋花。但这不是作者要写的冬景，他要写的是江南的冬景。江南的冬景有特殊的风韵：长江一带，芦花开到冬至不败，红叶会保持三个月以上的生命；钱塘江两岸，乌桕红叶落后，雪白的桕子仍着在枝头，一点一丛，可以乱梅花之真；赭色的草根边总带点绿意，野火烧不尽，寒风吹不倒……这就是江南冬景的特点——暖融融的。作者说："你不但感不到岁时的肃杀，并且还可以饱觉着一种莫名其妙的含蓄在那里的生气。"

江南的冬雨、冬雪也是美丽的、迷人的。那寒村冬霖上一层细得如同粉似的白雨，那令人欣喜的洁白无垠的江南雪景，更具一种诱人的魅力。能享受江南冬日的人们，简直是上天赐予的恩惠！试想想，河流旁边，三五人家，门对长桥，窗临远阜，树枝槎丫，细白微雨，是多么悠闲的境界！"人到了这一境界，自然会得胸襟洒脱起来，终至于得失俱亡，死生不问了。"最后，作者在"晴空的高爽，日光的洋溢"的引诱下，坐不住了，搁笔拿杖，去湖边散步，饱尝冬景。

《江南的冬景》中，作者对冬景着墨最多的是冬日的闲适和温情。在《江南的冬景》中作家写道："在这一幅冬日农村的图上，再洒上一层细得同粉也似的白雨，加上一层淡得几不成墨的背景，你说还够不够悠闲？若再要点景致进去，则门前可以泊一只乌篷小船，茅屋里可以添几个喧哗的酒客，天垂暮了，还可以加一味红黄，在茅屋窗中画上一圈暗示着灯光的月晕。人到了这一境界，自然会得胸襟洒脱起来，终至于得失俱亡，死生不问了。”原来作者迷恋于江南冬景的原因，是因为可以“得失俱亡、死生不问”！是可以令人抛开尘世的孤独苦闷，闲适开怀！

本文写法上除了对比衬托外，作者还严格选材，摄取自己感受最深而又最富于江南冬景特色的花草树木、寒郊散步、微雨寒村、江南雪景，细细描绘，还巧妙地引用古诗佳句，展示富有诗意的画面，传情逼真地抒写了江南冬景的特殊美。文笔清新，情景交融，生动明快，体现了郁达夫自然畅达、热情坦荡的散文风格。

延伸阅读

济南的冬天

［老舍］

对于一个在北平住惯的人，像我，冬天要是不刮风，便是奇迹；济南的冬天是没有风声的。对于一个刚由伦敦回来的人，像我，冬天要能看得见日光，便是怪事；济南的冬天是响晴的。自然，在热带的地方，日光是永远那么毒，响亮的天气反有点叫人害怕。可是，在北中国的冬天，而能有温晴的天气，济南真得算个宝地。

设若单单是有阳光，那也算不了出奇。请闭上眼睛想：一个老城，有山有水，全在蓝天底下，很缓和安适的睡着，只等春风来把它们唤醒，这是不是个理想的境界？

小山整把济南围了个圈儿，只有北边缺着点口儿。这一圈小山在冬天特别可爱，好像是把济南放在一个小摇篮里，它们全安静不动的低声的说：“你们放心吧，这儿准保暖和。”真的，济南的人们在冬天是面上含笑的。他们一看那些小山，心中便觉得有了着落，有了依靠。他们由天上看到山上便不知不觉的想起：“明天也许就是春天了罢？这样的温暖，今天夜里山草也许就绿起来了罢？”就是这点幻想不能一时实现，他们也并不着急，因为有这样慈善的冬天，干啥还希望别的呢！

最妙的是下点小雪呀。看罢，山上的矮松越发的青黑，树尖上顶着一髻儿白花，好像日本看护妇。山尖全白了，给蓝天镶上一道银边。山坡上，有的地方雪厚点，有的地方草色还露着；这样，一道儿白，一道儿暗黄，给山们穿上一件带水纹的花衣；看着看着，这件花衣好像被风儿吹动，叫你希望看见一点更美的山的肌肤。等到快日落的时候，微黄的阳光斜射在山腰上，那点薄雪好像忽然害了羞，微微露出点粉色。就是下小雪罢，济南是受不住大雪的，那些小山太秀气！

古老的济南，城里那么狭窄，城外又那么宽敞，山坡上卧着些小村庄，小村庄的房顶上卧着点雪，对，这是张小水墨画，或者是唐代的名手画的罢。

那水呢，不但不结冰，倒反在绿藻上冒着点热气。水藻真绿，把终年贮蓄的绿色全拿出来了。天儿越晴，水藻越绿，就凭这些绿的精神，水也不忍得冻上；况且那长枝的垂柳还要在水里照个影儿呢！看罢，由澄清的河水慢慢往上看罢，空中、半空中、天上，自上而下全是那么清亮，那么蓝汪汪的，整个是块空灵的蓝水晶。这块水晶里，包着红屋顶、黄草山，像地毯上的小团花的小灰色树影；这就是冬天的济南。

一九三〇年冬作

《济南的冬天》是现代著名文学家、剧作家、小说家老舍先生创作的一篇散文，选自《一些印象 (4)(5)(6)(7)》。老舍 (1899—1966)，原名舒庆春，字舍予，北京人，满族，人民艺术家。主要作品有小说《骆驼祥子》《四世同堂》和话剧《茶馆》《龙须沟》等。老舍的散文具有优雅感。他的文笔老成而不生硬，语言明丽如玉，晓畅优美，雅致到了极点。 在《老舍散文选》中，处处可见优美的段落，有不少散文简直就是一首沁人肺腑的抒情诗，读之令人如品甘饴。老舍的散文绝对不亚于其他同时代的散文大师，甚至还有超过之处。

《江南的冬景》是别致的，也是闲适温情的——江南的冬景充满着生机，充满着春之将到的美，是静态地描摹；而《济南的冬天》也是闲适温情的——济南的冬天充满诗情和画意，是流动地描绘。

《济南的冬天》是一篇充满诗情画意的散文。老舍先生在英国讲学达六年之久，英国的雾气给他留下深刻的印象。回国后，他来到被誉为“泉城”的山东省会济南，对济南的冬季感受非常强烈。文章以“济南的冬天”为题，简洁明晰，表明所写的是济南这个特定地域的冬天。

济南的冬天给作者的印象就是“温晴”，作者正是抓住这一特点来写冬天的泉城济南的。那温情的天气，那青山、绿水、蓝天，无不令人陶醉。而阳光、山川、人物、白雪、绿水等所表现的都是“暖”这一个字。老舍先生是一位语言大师，他善于运用生动的语言描述景物的主要特征，表达自己最鲜明的印象和感受，以此来唤起读者的联想和想象，使读者的头脑中产生具有光、色、态的具体形象，形成了一幅幅生动的图画。此外，老舍还是一位丹青高手，无论从立意还是从构图、笔势看，本篇都是一幅完整的图画。如文中写雪写水，由天上的暖阳画到暖阳照耀下的暖城暖山，就山而描出山上的雪，由雪而引出雪中的水，笔势顺畅，一气呵成。

最妙的是文章字里行间流露出的作者的情真意挚。老舍对济南冬天的一往情深，处处流于笔端，溢于言表。文章通篇注意阅读效果，娓娓道来，情恳辞切，犹如与不见面的读者促膝谈心一般，不时和读者进行感情上的交流。这样亲切的文笔，使人们对济南“慈善”的冬天倍感亲切。当我们品读全文，读到最后一句“这就是冬天的济南”的时候，我们似乎有意犹未尽、话犹未了的感觉。

04 钓台的春昼（节选）

第二日侵晨，觉得昨天在桐君观前做过的残梦正还没有续完的时候，窗外面忽而传来了一阵吹角的声音。好梦虽被打破，但因这同吹筚篥似的商音哀咽，却很含着些荒凉的古意，并且晓风残月，杨柳岸边，也正好候船待发，上严陵去；所以心里虽怀着了些儿怨恨，但脸上却只现出了一痕微笑，起来梳洗更衣，叫茶房去雇船去。雇好了一只双桨的渔舟，买就了些酒菜鱼米，就在旅馆前面的码头上上了船，轻轻向江心摇出去的时候，东方的云幕中间，已现出了几丝红晕，有八点多钟了。舟师急得厉害，只在埋怨旅馆的茶房，为什么昨晚上不预先告诉，好早一点出发。因为此去就是七里滩头，无风七里，有风七十里，上钓台去玩一趟回来，路程虽则有限，但这几日风雨无常，说不定要走夜路，才回来得了的。

过了桐庐，江心狭窄，浅滩果然多起来了。路上遇着的来往的行舟，数目也是很少，因为早晨吹的角，就是往建德去的快班船的信号，快班船一开，来往于两岸之间的船就不十分多了。两岸全是青青的山，中间是一条清浅的水，有时候过一个沙洲，洲上的桃花菜花，还有许多不晓得名字的白色的花，正在喧闹着春暮，吸引着蜂蝶。我在船头上一口一口地喝着严东关的药酒，指东话西地问着船家，这是什么山，那是什么港，惊叹了半天，称颂了半天，人也觉得倦了，不晓得什么时候，身子却走上了一家水边的酒楼，在和数年不见的几位已经做了党官的朋友高谈阔论。谈论之余，还背诵了一首两三年前曾在同一的情形之下做成的歪诗：

不是尊前爱惜身，
佯狂难免假成真，
曾因酒醉鞭名马，
生怕情多累美人。
劫数东南天作孽，
鸡鸣风雨海扬尘，
悲歌痛哭终何补，
义士纷纷说帝秦。

直到盛筵将散，我酒也不想再喝了，和几位朋友闹得心里各自难堪，连对旁边坐着的两位陪酒的名花都不愿意开口。正在这上下不得的苦闷关头，船家却大声的叫了起来说：

“先生，罗芷过了，钓台就在前面，你醒醒罢，好上山去烧饭吃去。”

擦擦眼睛，整了一整衣服，抬起头来一看，四面的水光山色又忽而变了样子了。清清的一条浅水，比前又窄了几分，四围的山包得格外的紧了，仿佛是前无去路的样子。

并且山容峻削，看去觉得格外的瘦格外的高。向天上地下四围看看，只寂寂的看不见一个人类。双桨的摇响，到此似乎也不敢放肆了，钩的一声过后，要好半天才来一个幽幽的回响，静，静，静，身边水上，山下岩头，只沉浸着太古的静，死灭的静，山峡里连飞鸟的影子也看不见半只。前面的所谓钓台山上，只看得见两大个石垒，一间歪斜的亭子，许多纵横芜杂的草木。山腰里的那座祠堂，也只露着些废垣残瓦，屋上面连炊烟都没有一丝半缕，像是好久好久没有人住了的样子。并且天气又来得阴森，早晨曾经露一露脸过的太阳，这时候早已深藏在云堆里了，余下来的只是时有时无从侧面吹来的阴飕飕的半箭儿山风。船靠了山脚，跟着前面背着酒菜鱼米的船夫走上严先生祠堂的时候，我心里真有点害怕，怕在这荒山里要遇见一个干枯苍老得同丝瓜筋似的严先生的鬼魂。

在祠堂西院的客厅里坐定，和严先生的

不知第几代的裔孙谈了几句关于年岁水旱的话后，我的心跳也渐渐儿的镇静下去了，嘱托了他以煮饭烧菜的杂务，我和船家就从断碑乱石中间爬上了钓台。

东西两石垒，高各有二三百尺，离江面约两里来远，东西台相去只有一二百步，但其间却夹着一条深谷。立在东台，可以看得出罗芷的人家，回头展望来路，风景似乎散漫一点，而一上谢氏的西台，向西望去，则幽谷里的清景，却绝对的不像是在人间了。我虽则没有到过瑞士，但到了西台，朝西一看，立时就想起了曾在照片上看见过的威廉退儿的祠堂。这四山的幽静，这江水的青蓝，简直同在画片上的珂罗版色彩，一色也没有两样，所不同的就是在这儿的变化更多一点，周围的环境更芜杂不整齐一点而已，但这却是好处，这正是足以代表东方民族性的颓废荒凉的美。

从钓台下来，回到严先生的祠堂——

记得这是洪杨以后严州知府戴槃重建的祠堂——西院里饱啖了一顿酒肉，我觉得有点酩酊微醉了。手拿着以火柴柄制成的牙签，走到东面供着严先生神像的龛前，向四面的破壁上一看，翠墨淋漓，题在那里的，竟多是些俗而不雅的过路高官的手笔。最后到了南面的一块白墙头上，在离屋檐不远的一角高处，却看到了我们的一位新近去世的同乡夏灵峰先生的四句似邵尧夫而又略带感慨的诗句。夏灵峰先生虽则只知崇古，不善处今，但是五十年来，像他那样的顽固自尊的亡清遗老，也的确是没有第二个人。比较起现在的那些官迷的南满尚书和东洋宦婢来，他的经术言行，姑且不必去论它，就是以骨头来称称，我想也要比什么罗三郎郑太郎辈，重到好几百倍。慕贤的心一动，熏人臭技自然是难熬了，堆起了几张桌椅，借得了一枝破笔，我也向高墙上在夏灵峰先生的脚后放上了一个陈屁，就是在船舱的梦里，也曾微吟过的那一首歪诗。

从墙头上跳将下来，又向龛前天井去走了一圈，觉得酒后的干喉，有点渴痒了，所以就又走回到了西院，静坐着喝了两碗清茶。在这四大无声，只听见我自己的啾啾喝水的舌音冲击到那座破院的败壁上去的寂静中间，同惊雷似地一响，院后的竹园里却忽而飞出了一声闲长而又有节奏似的鸡啼的声来。同时在门外面歇着的船家，也走进了院门，高声的对我说：

“先生，我们回去罢，已经是吃点心的时候了，你不听见那只鸡在后山啼么？我们回去罢！”

作品赏析

本文写于1932年8月，是郁达夫1931年为躲避国民党通缉回富春江时所作。文章记述了作者自富阳出发经桐庐游览严陵钓台的经过，写出了山景的神韵，抒发了抑郁愤懑的感情。

文章开头交代了钓台之游的缘由。然后以游踪为线索，先“自富阳溯江而上”，至距离钓台20余里的桐庐县城借宿，以引发夜游桐君山，“拜谒桐君，瞻仰道观”的记述。

这里节选的是散文的后半部分。夜探桐君山后，第二天清早便开始攀缘钓台，山中访古。《钓台的春昼》中，作家为了摆脱无聊倦怠的乡居生活，逆富春江而上，月夜登临桐君山，乘舟夜寻子陵钓台。一路平平淡淡，只有钓台周围幽静的氛围萦绕其间。“沉浸着太古的静”“死灭的静”，在这气氛之中，我们感受到他想逃避的是“中央党帝玩弄秦始皇所玩过的把戏”，完全将自己抛入钓台置古的安宁之中。

文中特别渲染了一种“静”与“幽”的气氛。如船到钓台时，作者眼里，山是那样的峻削、瘦高，双桨幽幽地回响，笼罩着“身边水上，山下岩头”的是“静，静，静”，“太古的静，死灭的静”，颓废荒凉的美，还有“歪斜的亭子”“芜杂的草木”“阴飕飕的半箭儿山风”。所有这些景色，都已染上了郁达夫特有的主观情感，最契合“我”的个性、气质，最能兴起和寄托“我”鄙视浊世、向往清高、寂寞伤感的内心情绪，从而形成了孤寂的艺术意境。他像一个富有经验和个性的导游，忽而曲径通幽，忽而柳暗花明，变幻迭出，引人渐入胜景。

郁达夫善于在山水游记中嵌入旧体诗词，意在补充情绪，渲染气氛，营造意境。本文在游记中插入一梦，夹叙了两三年前所写的一首旧诗，借景抒情，连接自然，使文章跌宕多姿，清新真切。

延伸阅读

半日的游程

［郁达夫］

去年有一天秋晴的午后，我因为天气实在好不过，所以就搁下了当时正在赶着写的一篇短篇的笔，从湖上坐汽车驰上了江干。在儿时习熟的海月桥、花牌楼等处闲走了一阵，看看青天，看看江岸，觉得一个人有点寂寞起来了，索性就朝西的直上，一口气便走到了二十几年前曾在那里度过半年学生生活的之江大学的山中。二十年的时间的印迹，居然处处都显示了面形：从前的一片荒山，几条泥路，与夫乱石幽溪，草房藩溷，现在都看不见了。尤其要使人感觉到我老何堪的，是在山道两旁的那一排青青的不凋冬树；当时只同豆苗似的几根小小的树秧，现在竟长成了可以遮蔽风雨，可以掩障烈日的长林。

不消说，山腰的平处，这里那里，一所所的轻巧而经济的住宅，也添造了许多；像在画里似的附近山川的大致，虽仍依旧，但校址的周围，变化却竟簇生了不少。第一，从前在大礼堂前的那一丝空地，本来是下临绝谷的半边山道，现在却已将面前的深谷填平，变成了一大球场。大礼堂西北略高之处，本来足有几枝被朔风摧折得弯腰屈背的老树孤立在那里的，现在却建筑起了三层的图书文库了。二十年的岁月！三千六百日的两倍的七千二百的日子！以这一短短的时节，来比起天地的悠长来，原不过是像白驹的过隙，但是时间的威力，究竟是绝对的暴君，曾日月之几何，我这一个本在这些荒山野径里驰骋过的毛头小子，现在也竟垂垂老了。

一路上走着看着，又微微地叹着，自山的脚下，走上中腰，我竟费去了三十来分钟的时刻。半山里是一排教员的住宅，我的此来，原因为在湖上在江干孤独得怕了，想来找一位既是同乡，又是同学，而自美国回来之后就在这母校里服务的胡君，和他来谈谈过去，赏赏清秋，并且也可以由他这里来探到一点故乡的消息的。

两个人本来是上下年纪的小学校的同学，虽然在这二十几年中见面的机会不多，但或当暑假，或在异乡，偶尔遇着的时候，却也有一段不能自已的柔情，油然会生起在各个的胸中。我的这一回的突然的袭击，原也不过是想使他惊骇一下，用以加增加增亲热的效力的企图;升堂一见，他果然是被我骇倒了。

“哦！真难得！你是几时上杭州来的？”他惊笑着问我。

“来了已经多日了，我因为想静静儿的写一点东西，所以朋友们都还没有去看过。今天实在天气太好了，在家里坐不住，因而一口气就跑到了这里。”

“好极！好极！我也正在打算出去走走，就同你一道上溪口去吃茶去罢，沿钱塘江到溪口去的一路的风景，实在是不错！”

沿溪入谷，在风和日暖，山近天高的田塍道上，二人慢慢地走着，谈着，走到九溪十八涧的口上的时候，太阳已经斜到了去山不过丈来高的地位了。在溪房的石条上坐落，等茶庄里的老翁去起茶煮水的中间，向青翠还像初春似的四山一看，我的心坎里不知怎么，竟充满了一股说不出的飒爽的清气。两人在路上，说话原已经说得很多了，所以一到茶庄，都不想再说下去，只瞪目坐着，在看四周的月山和脚下的水，忽而嘘朔朔朔的一声，在半天里，晴空中一只飞鹰，像霹雳似的叫过了，两山的回音，更缭绕地震动了许多时。我们两个头也不仰起来，只竖起耳朵，在静听着这鹰声的响过。回响过后，两人不期而遇的将视线凑集了拢来，更同时破颜发了一脸微笑，也同时不谋而合的叫了出来说：

“真静啊！”

“真静啊！”

等老翁将一壶茶搬来，也在我们边上的石条上坐下，和我们攀谈了几句之后，我才开始问他说：

“久住在这样寂静的山中，山前山后，一个人也没有得看见，你们倒也不觉得怕的么？”

“怕啥东西？我们又没有龙连（钱），强盗绑匪，难道肯到孤老院里来讨饭吃的么？并且春三二月，外国清明，这里的游客，一天也有好几千。冷清的，就只不过这几个月。”

我们一面喝着清茶，一面只在贪味着这阴森得同太古似的山中的寂静，不知不觉，竟把摆在桌上的四碟糕点都吃完了，老翁看了我们的食欲的旺盛，就又推荐着他们自造的西湖藕粉和桂花糖说：

“我们的出品，非但在本省口碑载道，就是外省，也常有信来邮购的，两位先生冲一碗尝尝看如何？”

大约是山中的清气，和十几里路的步行的结果罢，那一碗看起来似鼻涕，吃起来似泥沙的藕粉，竟使我们嚼出了一种意外的鲜味。等那壶龙井芽茶，冲得已无茶味，而我身边带着的一封绞盘牌也只剩了两枝的时节，觉得今天足行得特别快的那轮秋日，早就在西面的峰旁躲去了。谷里虽掩下了一天阴影，而对面东首的山头，还映得金黄浅碧，似乎是山灵在预备去赴夜宴而铺陈着浓装的样子。我昂起了头，正在赏玩着这一幅以青天为背景的夕照的秋山，忽听见耳旁的老翁以富有抑扬的杭州土音计算着账说：

“一茶，四碟，二粉，五千文！”

我真觉得这一串话是有诗意极了，就回头来叫了一声说：

“老先生！你是在对课呢？还是在做诗？”

他倒惊了起来，张圆了两眼呆视着问我：

“先生你说啥话语？”

“我说，你不是在对课么？三竺六桥，九溪十八涧，你不是对上了‘一茶四碟，二粉五千文’了么？”

说到了这里，他才摇动着胡子，哈哈的大笑了起来，我们也一道笑了。付账起身，向右走上了去理安寺的那条石砌小路，我们俩在山嘴将转弯的时候，三人的呵呵呵呵的大笑的余音，似乎还在那寂静的山腰，寂静的溪口，作不绝如缕的回响。

一九三三年五月二十一日

《钓台的春昼》和《半日的游程》同为郁达夫的游记散文，皆是借景抒怀。但因心境不同，景中意味亦不同。前文借景抒心中对时局不满的抑郁愤懑之情；后文则是借秋游漫步所见之景，抒人生易逝之感触。另外，两篇文章都写了一种“静”，同样因心境不一，附着的作者的主观情感色彩也不一样，读时值得细细品味。

《半日的游程》这篇游记散文，作者自秋晴午后的闲游写起，中间有偶遇母校的万千感慨，有探访老友的生动细节，也有溪口之行的情景趣事。文章看似随行而动，任意点染，其实却是有着精巧的布局和完整的结构的。

起始，作者秋游漫步至20几年前就读的学校，产生了岁月匆忙、人生老矣的感触，这种感触并不激烈，但将人生中的淡然寂寞呈现了出来。接着，作者以小说笔法插入老友相逢相携共游的细节，生动自然，毫不拖沓。此细节承上启下，不仅是上文疏淡心境的延展，还是之后行旅线索的启示。最后写溪口见闻，作者极力渲染山中寂静的氛围，没有大段的抒情绘景，只以飒爽的清气和鹰过的回声突出了一个“静”字，由此也将沉静淡然却不免寂寞的心境展露了出来。结尾以与老翁的对话收束：寂静的山野，只有一老翁的茶庄，作者不禁提出“不觉得怕的么”的问题。老翁抑扬的算账声，“一茶，四碟，二粉，五千文”引起了作者“三竺六桥，九溪十八涧”的对仗，引起了大家的哈哈大笑。这些描写，真实地写出了不同人物的不同感情、不同心态，耐人寻味。在这里，作者虽然运用小说手法，给疏淡的文调增加了一些活泼的情趣，但文章整体依然是寂静之景和落寞之情的延续，是中年心境的延续。由此可见，文章布局巧妙，层层相连，没有拖沓的描写，也没有枝蔓的结构，只寥寥千字就将物我相融、粗细有致的画面表现了出来。

游记散文，绝不是起导游图的作用，不是向导用的导游说明书。游记散文最重要的是要写出神韵、氛围和情感来。这篇散文最大的特点是写出了山景的神韵和作者的感情，而且两者达到了交融的境地。作者以独特的诗人气质和情感，捕捉并升华游程中自然、朴素的乐趣，表现出一种充满诗意的情趣美，读来娓娓动人，余味无穷。

05　西溪的晴雨

西北风未起，蟹也不曾肥，我原晓得芦花总还没有白，前两星期，源宁来看了西湖，说他倒觉得有点失望，因为湖光山色，太整齐，太小巧，不够味儿，他开来的一张节目上，原有西溪的一项；恰巧第二天又下了微雨，秋原和我就主张微雨里下西溪，好教源宁去尝一尝这西湖近旁的野趣。

天色是阴阴漠漠的一层，湿风吹来，有点儿冷，也有点儿香，香的是野草花的气息。车过方井旁边，自然又下车来，去看了一下那座天主圣教修士们的古墓。从墓门望进去，只是黑沉沉，冷冰冰的一个大洞，什么也看不见，鼻子里却闻吸到了一种霉灰的阴气。

把鼻子掀了两掀，耸了一耸肩膀，大家都说，可惜忘记带了电筒，但在下意识里，自然也有一种恐怖，不安，和畏缩的心意，在那里作恶，直到了花坞的溪旁，走进窗明几净的静莲庵堂去坐下，喝了两碗清茶，这一些鬼胎，方才洗涤了个空空脱脱。

游西溪，本来是以松木场下船，带了酒盒行厨，慢慢儿地向西摇去为正宗。像我们那么高坐了汽车，飞鸣而过古荡，东岳，一个钟头要走百来里路的旅客，终于是难度的俗物，但是俗物也有俗益，你若坐在汽车座里，引颈而向西向北一望，直到湖州，只见一派空明，遥盖在淡绿成阴的斜平海上；这中间不见水，不见山，当然也不见人，只是渺渺茫茫，青青绿绿，远无岸，近亦无田园村落的一个大斜坡，过秦亭山后，一直到留下为止的那一条沿山大道上的景色，好处就在这里，尤其是当微雨朦胧，江南草长的春或秋的半中间。

从留下下船，回环曲折，一路向西向北，只在芦花浅水里打圈圈；圆桥茅舍，桑树蓼花，是本地的风光，还不足道；最古怪的，是剩在背后的一带湖上的青山，不知不觉，忽而又会得移上你的面前来，和你点一点头，又匆匆的别了。

摇船的少女，也总好算是西溪的一景；一个站在船尾把摇橹，一个坐在船头上使桨，身体一伸一俯，一往一来，和橹声的咿呀，水波的起落，凑合成一大又圆又曲的进行软调；游人到此，自然会想起瘦西湖边，竹西歌吹的闲情，而源宁昨天在漪园月下老人祠里求得的那枝灵签，仿佛是完全的应了，签诗的语文，是《鄘风桑中》章末后的三句，叫做“期我乎桑中，要我乎上宫，送我乎淇之上矣”。

此后便到了交芦庵，上了弹指楼，因为是在雨里，带水拖泥，终于也感不到什么的大趣，但这一天向晚回来，在湖滨酒楼上放谈之下，源宁却一本正经地说：“今天的西溪，却比昨日的西湖，要好三倍。”

前天星期假日，日暖风和，并且在报上也曾看到了芦花怒放的消息；午后日斜，老龙夫妇，又来约去西溪，去的时候，太晚了一点，所以只在秋雪庵的弹指楼上，消磨了半日之半。一片斜阳，反照在芦花浅渚的高头，花也并未怒放，树叶也不曾凋落，原不见秋，更不见雪，只是一味的晴明浩荡，飘飘然，浑浑然，洞贯了我们的肠腑，老僧无相，烧了面，泡了茶，更送来了酒，末后还拿出了纸和墨，我们看看日影下的北高峰，看看庵旁边的芦花荡，就问无相，花要几时才能全白？老僧操着缓慢的楚国口音，微笑着说：“总要到阴历十月的中间；若有月亮，更为出色。”说后，还提出了一个交换的条件，要我们到那时候，再去一玩，他当预备些精馔相待，聊当作润笔，可是今天的字，却非写不可，老龙写了“一剑横飞破六合,万家憔悴哭三吴”的十四个字，我也附和着抄了一副不知在那里见过的联语：“春梦有时来枕畔，夕阳依旧上帘钩。”

喝得酒醉醺醺，走下楼来，小河里起了晚烟，船中间满载了黑暗，龙妇又逸兴遄飞，不知上那里去摸出了一枝洞箫来吹着。“其声呜呜然，如怨如慕，如泣如诉，余音袅袅，不绝如缕”，倒真有点像是七月既望，和东坡在赤壁的夜游。

一九三五年十月二十二日

作品赏析

这篇游记散文写得很美。文中写的是杭州西湖边的西溪，这里的景色和西湖比，有特别的风韵。在作者眼里，西湖虽然美，但那里的湖光山色不够味，因为它太整齐了，有点过于人工化的味道。西溪则不同，它的特别就在于有一种野趣。作者从不断变化的景色中发现了西溪独特的美：天色是阴阴漠漠的，风是微寒的、湿的，带点野花野草散发出的阵阵幽香。坐在汽车上，只见一派空明，淡绿成阴，不见山，不见水，不见人，远望渺渺茫茫，青青绿绿，近看微雨朦胧，江南草长。下船之后，只在芦花浅水里打圈圈，圆桥茅舍，桑树蓼花，还有湖上的青山，不知不觉会移到你的面前来，和你点一点头，又匆匆离去。景色之美，美不胜收，令人心驰神往！

本文艺术上最重要的特点是写出了西溪的个性。作者善于从天气的变化中抓住山水景物一刹那间出现的神采，写出山水的个性。文章从源宁游西湖失望开始写起，写到西溪的野趣和参观古墓的霉气和恐怖，又写了坐汽车快速变化的景观，再写了摇船少女的劳动，最后追写了和老龙夫妇赏游西溪秋雪庵的情景。这一切，都在写人，都在写情，也都在写景，把景和人、情结合起来写，写人和情的变化，配之景色的神韵起伏，因而景也个性化。作者写得情真意切，毫无雕饰斧凿之痕，写出了西溪独有的神韵，具有恒久的艺术魅力。

延伸阅读

西　溪

［赵景深］

这是一个难忘的会聚——一九三一年秋日杭州的西溪之游；西溪之游不难得，所难得的是几个朋友会聚在一起去游西溪，尤其难得的是我们这几个忙于笔耕的人竟有这样的工夫会聚在一起去游西溪。

从松木场雇船前进，桨声一动，我们的心也愉快得欲飞了。船里一共八个人：戴望舒与杜衡夫妇，钱君匋和他的小弟弟，娄子匡，我的妻和我。钟敬文因事未到。戴杜两兄是抛下他们一大堆为辑录小说，戏剧掌故用的线装书来玩的，钱氏兄弟则是从上海赶来的，娄子匡又是搁下《民间月刊》的编纂工作来应约的，我的妻和我也是一样的忙里偷闲：我们又怎能说这个会聚不是难得的呢？不忙，又怎能知道忙里偷闲的愉快呢?

船向前移动，山回路转，野柳在船篷上披拂，乌桕也在岸上伸出头来窥伺。忽然荇藻攀住了船底，发出嗤嗤的声音。望舒坐在船头，顺手将手杖放在河里把一根野草连根挑起；说时迟，那时快，一搭过来，连泥带浆的快要搭在杜衡的头上，杜衡忙把头一闪，野草仍旧滑到水里去了。全船的人都清脆的哈哈大笑，笑开了船旁的水波。

起初还只是稀疏的芦苇，慢慢的船行到蒹葭深处，恨不身化为水鸟，出没其间也。

我倚着船舷，生了遐想：一会儿玄妙的想到《水浒传》上的蓼儿洼，一会儿低吟着白居易的《琵琶行》:“枫叶芦花秋瑟瑟！”

船停在交庐庵，大家都走了进去。和尚献上茶果,又拿出画幅来看。其中有一个画卷，很长，画的就是西溪的芦花，一面展开，一面就仿佛肉身跳入其中，与之俱逝；如果说许多立轴横条中有什么值得追忆的，我想就是这一幅了。我糊涂得连作者的姓名都已不能省记，但又何必省记呢，痛饮芳醪的人沈醉之不暇，更那来工夫引经据典!

经过回廊，望舒眼快，瞥见一个小沙弥正在一个小僧舍里卷着一轴我们所不曾见过的画，他快步的跳了进去，大声的说:“怎么?有好画不拿给我们看?”我们都随着拥了进去。起初小沙弥不肯，后来还是强不过我们人多，只好拿给我们欣赏。我们看看也不过如此，很快的就放了手；看画的时间远不及索画的时间；其实，看画的兴趣也远不及索画的兴趣。

大家又回到船上，穿过芦花的水弄，转一个弯，一眨眼又到了秋雪庵。我们折向左，看见厉鹗所书的对联“穿花蛱蝶深深见，点水蜻蜓款款飞”。我们折向右，看见浙中词人的许多木主，大约总有百余位词人吧?其中的一位南宋名儒王十朋引起了我们的兴趣，因为我们大都看过宁献王朱权《荆钗记》的搬演，王十朋正是此剧的主角；想不到他自己也是一个词人！

我们登了弹指楼，自然而然的使我们忆起了顾贞观的弹指词。好事的我翻阅一本竹纸的题名簿，忽然发现这样两行字：

秋子姑娘同静闻居士过此

一九·一〇·廿六

所谓静闻居士者，钟敬文也；秋子姑娘者，其爱人也。我就老实不客气的撕了下来，以作纪念。自己也题了一行不知什么在簿子上，大有“齐天大圣到此一游”的神气。

坐在栏前，品着香茗，赏着一望无际的芦花，有如白雪，另是一番银世界。

忽然望舒不见了。我们都问杜衡，杜衡手抚着桌子，沉默的脸微微的一笑，慢慢的说：“他‘不雅’去了。”

君匋是懂得这个典故的，接着问：“是‘大不雅’呢？还是‘小不雅’呢？”

望舒“不雅”而归，杜衡夫人又飘然而去。

杜衡夫人回来时，带来许多枝芦花，每人分得一枝。她抚着心口说："好险呀！我去攀芦花，差一点被芦花攀了我去！"

在东岳行宫旁登岸。在等待公共汽车的时候，子匡取出刀来为我削梨，伤了手指，出血，这事是使我至今犹为抱歉的。

这样平淡的会聚，一般的说，实在不足一记；而我的文笔拙劣，记了出来，尤觉淡而无味。但是，这在我们自己，寒伧的说，实在要算是难得的会聚了！西溪之游不可贵，可贵的是一般样趋向艺术之心；几个皈依艺术的信徒聚会在一起，孩子气的胡闹，这趣味实在看芦花以上。那末，倘若你说我写芦花不出力，太枯窘，那我就可以振振有辞的回答你了：我本来不是写的西溪的芦花，我写的是芦花一样坦白的友情，我写的是芦花一样密接的会聚！

赵景深，著名学者、作家与翻译家。杰出的戏曲史家，中国曲艺、民间文学、儿童文学创研领域的“宗师”，在新文学、外国文学及文艺理论等方面均卓有建树。他从1930年起一直任复旦大学教授，1930—1951年任北新书局总编辑。赵景深主编过《文学周报》《现代文学》《戏曲》《俗文学》《通俗文学》等刊物。他曾任中国古代戏曲学会会长、中国俗文学学会名誉主席、中国民间文艺研究会上海分会主席等职务。

赵景深的代表作品有诗集《荷花》，小说集《栀子花球》，散文集《小妹》《文坛忆旧》，新文学评论集《文艺论集》《现代文学杂论》，小说戏曲研究著作《宋元戏文本事》《元人杂剧辑逸》《读曲随笔》《小说戏曲新考》《明清曲谈》《元明南戏考略》《读曲小记》《戏曲笔谈》《曲论初探》等。他还较早翻译了契诃夫、屠格涅夫的小说及安徒生童话、格林童话，是介绍安徒生作品到我国来的第一人。

同写西溪，郁达夫笔下的西溪充满自然的野趣。赵景深的“西溪之游不可贵”，可贵的也是它“充满趣味”。只是郁达夫的西溪之趣是从捕捉西溪变化之景而来，但赵景深的西溪之趣更多缘于他与友人游西溪所体味到的情致雅趣。

赵景深这篇西溪之记，描绘了江南水乡的娴雅、如雪的芦花以及朋友百忙中难得的会聚玩水赏景，咏赞了朋友间无隙情谊……作者讲究“意在言外”。他所写的朋友间在百忙中难得的会聚玩水赏景，并不是他内心所要真正表现的，他所要表达的是百忙之中会聚的偷闲和自我放纵。

窥探文中的述游，作者婉曲展露的是他体味到的凡人世界神妙的情致雅趣：“从松木场雇船前进，桨声一动，我们的心也愉快得欲飞了”；“船行到蒹葭深处，恨不身化为水鸟，出没其间也”；当“和尚献上茶果，又拿出画幅来看，其中有一个画卷，很长，画的就是西溪的芦花，一面展开，一面就仿佛肉身跳入其中，与之俱逝”；“坐在栏前，品着香茗，赏着一望无际的芦花，有如白雪，另是一番银世界”……几个皈依艺术的信徒聚会在一起，有着趋向艺术之心；“我们”一同赏西溪的芦花，难得的玩笑，孩子气般胡闹，有像芦花一样坦白的友情。在这里，“我们”摆脱了世事，心灵因得到解放而轻松；自由自在，享无拘无束的畅快；志趣相投，有心无芥蒂的坦白。作者要赞美的就是那忙里浮生偷闲半日的快活自由本心。对此，作者没有明说，意在言外，让读者去意会。